玫瑰书签

刘思延 著

陕西新华出版

太白文艺出版社·西安

图书在版编目（CIP）数据

玫瑰书签 / 刘思延著. -- 西安 : 太白文艺出版社,
2025. 1. -- ISBN 978-7-5513-2904-0

Ⅰ. I227

中国国家版本馆CIP数据核字第20257HM940号

玫瑰书签
MEIGUI SHUQIAN

作　　者	刘思延
责任编辑	张　笛
策　　划	泥流文化传媒
版式设计	建明文化
出版发行	太白文艺出版社
经　　销	新华书店
印　　刷	三河市华东印刷有限公司
开　　本	880mm×1230mm　1/32
字　　数	100 千字
印　　张	8.5
版　　次	2025 年 1 月第 1 版
印　　次	2025 年 1 月第 1 次印刷
书　　号	ISBN 978-7-5513-2904-0
定　　价	49.80 元

刘思延

笔名顾槿，2003年出生于云南省曲靖市，现就读于西安财经大学。2022年出版了第一本诗集《去年今日》。喜欢阅读、足球、旅行、摄影，喜欢关于风和云的一切，也喜欢用诗歌关联生活。

目录

读《花街往事》

那时候大家都是废墟

残疾是一种被嘲笑的病

没有人探讨关于隐私的问题

他们身上都不免粗俗

关于义气、歌舞厅和少林寺

花街是每一条街的名字

疯与不疯的人都是这样

而一夜之间它们都过去了

他们走了，他们留下

让我这样的人参观瞎想，冷汗直流

在最后我们终于问起名字

他们说这叫八十年代旧址

玫瑰书签

如此寻常的夜晚

没有王子、白马与南瓜车

我看路灯一盏一盏告别

流浪歌手与萨克斯被橘猫取代

街道上偶尔响起脚步声

我想今晚一定有一次失眠

于是我，于是我

我用浅浅的月光去写你的想念

韵脚是一只蓝色的蝴蝶

如果星星会说话

你想对我说什么
蔚蓝天空与寂静海的故事
那一匹眺望远山的孤狼
北极熊选在南极的挚爱
有一万个你在夜晚亮起
小提琴与猫蜷缩在墙角
伤口里愈合出玫瑰与钞票
透过炉火的湿润的吻
每一个片段与唯一的你

沉默是一首不间断的诗

请让我从第一次开始

玫瑰，聂鲁达，莎士比亚的十四行往事

阳光，格子衬衫与金色的发丝

你要经过几次回眸才能遇见我

于是我出现，于是我离开

从左眼到右眼，从爱，到爱

我只在徘徊

我无法依靠想象力去坚定

于是我沉默，关于酒精、学院与咖啡沉淀物

我根据记忆的折痕拼凑

早上好

每天早上我们都会

忘记昨天的夜晚

忘记昨天飞过的蝴蝶

忘记那片浅蓝色的海

我们好像新生

好像拥有一切与美好相关的词语

窗口传来玫瑰的香

它的倒刺也生长出月光

床脚的闹钟也闭口不言

这是一首优雅的钢琴曲

我要对您说早上好

看海的一件事

我已经不能再说更多了

关于想念、后悔与过长的夜

我说了太多关于情绪的敏感词

整个世界只剩下风

寂寞的风，风的寂寞声

我开始回忆你的眉眼

你的一切都与稀疏相连

我要去看海，看孤独爬上搁浅的爱

我听着它的沉默和与它不相关的蓝

只有我知道我的心如何漂流

就像我知道这些日子正下雨

蔚蓝色之梦

这是一个清晨

我们的行李箱放在床边

闹钟叫醒没干的浅色头发

睁开的眼睛又悄悄闭上

我们还是醒了

我们要去海边

你说富士的颜色在酝酿海

我的吉他只谈论三个和弦

除了行李箱，我们都属于蓝白色系

它带着啤酒，音乐，与看海的梦

以及让我收拾它的你

请不要弹奏

在晴天过后开始下雪

森林里泛起汹涌的雾

我听见哼鸣，断掉的弦与钢琴

它的曲调关于悲伤与悲伤

当阴郁的海面与地平线重逢

我相信这一切都是有缘由的

我眼看身上的蝴蝶片片脱落

它们竟然来自海洋馆

这次我的角落没有馥郁

死去的玫瑰与深眠的马

这是关于你的全部家当

第一件事最繁忙

一个人一天有一万件事

拥挤，争吵，一直浪费 A4 纸

一天有一万件事在等一个人

日落，彩虹，下雨的味道

在其中穿插一点点爱与有温度的吻

这算一件头等大事

第六百次关于你

每当我打开这本关于情感的书

我总是要患上一点忧郁与矛盾

我该如何称呼你

我诗歌唯一的缪斯

我心脏悸动的始末

也许你归属于我无处安放的想象

我已有些明白

只是尚且无法展示

关于你的第六百首情诗

一秒钟

时间这个词对于文学而言

花哨，深沉，略带些寂寞

属于他们的基本形式

可关于生活

那些生死与爱恨

那些关于理想的一夜一夜

那些记忆里活着的人

只有简单的一行

时间过得好快

过气花

我该如何记住你

我要怎样称呼你

玫瑰、野花、复杂的吻

忧郁夜色里的深沉呼吸

我不敢多写一个字

你收到甘菊与芍药已是过分

对于一份隐约存在却又不被安置的爱

世界

时间流淌

我们要去哪里

一艘沉没的船

无望的云

我又开始，那种被称为"绝望"的祈祷

我已把我的爱托付给某一位神灵

我没有神所需求的东西

我所有的只是

在一段虚幻岁月里耗尽的

在我的笔尖和纸上被消解的魂灵

我将它献给神灵

请在神殿燃起一缕火焰

在你的眼睛和我之间

月亮、秋风与沉默的信

我习惯了选择两种颜色

我更偏好一行不对称的诗

我总在尝试猜测你藏进钢琴曲的心跳

我很想给你写信

用一个逗号开始，附上一整页信纸的月光

我想我不用再写"展信悦"

也许我该在开头写上"亲爱的"

用有些花哨的西语口气说"我爱你"

这只是因为我不在你身边

否则我们只需要一个吻

你 & 我

我要走多少路

它距离你有多远

梧桐、百合与仙人掌

我想在这里坐下，在雪杉下歌唱

让她开始，让她结束

你可以尽情地展开翅膀

我在世界最远端的篝火边

我不试图占有你，我不要杀死我的所爱

我只想你穿越我的世界

玫瑰书签

一个这样活着的日子

我喜欢在蓝色的夜晚

看着街上一扇扇百叶窗熄灭

只有公用电话亭还亮着灯

红色的油漆像是电话另一头的心房

那时我们还会写信

至少在等待的日子我们还有期待

那时的时间也没现在这么快

我们已经到了丧失激情的年岁

即使你对于我仍是一首不间断的交响乐

花语

我总是不喜欢玫瑰

它们并不特殊，它们像海沫一样泛滥

于是我的花园翻新了一遍又一遍

我希望这儿开满白色的郁金香

就好像我拥有月亮一样

然后我给你打电话

告诉你今晚的月色下了雪

宇航员

当这首歌响起

我感觉到风吹过我的胸口

自由的鲸鱼游弋在海岸线

那艘船还没有沉没却已长满苔藓

我看到船长的帽子私藏海鸥

你没有听错，阿波罗号升空了

我试图穿过一个坏死的宇宙

我听到平行星系登陆月球的信号

爱情诗

遇见你的那一刻

我听到了世界上最幸福的声音

我试图找到它

它从何而来

它来自我的内心

当我们闭上眼睛

当我们像鸟儿一样接吻

我的心在演奏交响乐

最华丽的部分是第三章

旧金山已不复存

心跳

我觉得自己从来都不满足

我贪得无厌地想要

你的爱，你的呼吸，你睡着的睫毛

你像一幅画一样美

我把你的声音录在很多磁带里

它们像鸟儿一样围绕着我

我如此爱你的温柔

我不满足，一直

命运

你应该张开翅膀

我的窗外有一大片空白

但请不要飞得太远

我害怕这些念头在夜里扰乱我的宁静

我总是喜欢在阳光明媚的房间里玩耍

我希望你聆听，我希望你自由

我希望你带着我的爱离开

月光

你还记得那一天吗

我们静静地坐在图书馆的角落里

我们谈论莎士比亚的十四行诗

想象唱一首情诗

在如此巨大的云层中

我们隔着边缘互相碰触

我们隔着蝴蝶亲吻

然后我们在十九世纪相遇

蓝色颜料

我非常希望

突然出现了一架钢琴

我可以坐在旁边

它比我更懂得悲伤

你了解我，一个自大的孤独症患者

我能用它的声音作句子

我很满意，我喜欢它

我在每一个音符中都取消了我的灵魂

所以你听到一万个我说我爱你

爱情诗之一

我听见一阵大风吹来

平原，山脉，海洋，世界

我知道它为什么在这里

它不会带来冬天

它不会带走记忆

它成了我的旅行伙伴

我不知道我要去哪里

下雪的时候

我在悄悄讲述你的故事

当北极星在天空

我唱着你的名字

如注日温暖

当我看着你

我希望我有勇气

希望明天天气好

我们可以在沙滩上散步

享受吹进你我心中的海风

我听见你的呼吸像海洋一样温柔

我希望时间能在这个时刻停止

当我们看着对方

我在干涸的花园里建起玫瑰城堡

旧日重现

我渴望成为一只蝴蝶

从南极的寒冷中飞出来

我身上有阳光的痕迹

我的翅膀像镜子一样透明

我飞过群山，飞过原始森林

我试图给你带来伦敦的日落

我飞向你的心

我愿意付出一切代价吻你

就像冰川融化成火山

背靠背友情

世界上有一百种好东西

风，冰川，月球上的一万颗星星

其中之一，我遇见了你

我觉得我们可以讨论很多问题

诗歌、哲学与梦想

我们都有勇气去面对奇怪的世界

这就是我们成为朋友的原因

当我们乘坐神秘之船

孤独终有尽头

当日落不再重现

当天使的羽毛落到地上

在故事的最后一页，我们相见

足球迷

你说你喜欢坏男孩

其实你不是真的喜欢坏男孩

你让他对你开个小玩笑

就像内马尔一样，文个小文身也没问题

他的帽子是他的魔法道具

太难了，我要放弃你

但我的心告诉我

　"尽管你和马奎尔一样看起来笨拙

但你必须像罗纳尔多对足球那样对待你爱的人

你的爱应该像卡卡那样纯洁，像里奥那样忠诚"

爱是什么

我不知道我爱你，你或许不爱我

我们用一点简短的时间去认识彼此

在一些晴朗的日子

我或许爱你，或许不是爱你

我喜欢和你走在路上

我们不说话，也可以说些什么

讨论诗歌、法律以及其他

看那些车行色匆匆落脚太阳的尽头

我或许爱你，我不确定你是否爱我

我感受不到那被称为"激情"的种子

我只看到你平静的眼眸

它们如夜色下的海，足以容纳我所有的欢喜

叫我如何不爱上你

我确定我爱你，或许你也爱我

我仍然无法找到这种情绪

也许它只能靠

突然的造访，明艳的鲜花和沉没的吻

创造

像一首歌

在这一刻，我从未感到如此平静

像在冰凉的雪地里摔倒一样

你的声音，你的翅膀

你那幽蓝如水的眼睛

好像有什么悠扬的旋律在颤动

我听到火红的灵魂在燃烧

你说这是爱的狂响

于是我在硬币的背面寻找

我预见神启如花瓣般入海

当你于此

"你听起来很美"这句话

让你的呼吸卷起仓促的风

像一首以温柔著称的钢琴曲

你如大提琴一样宁静

我已不能听到更多

千万种声音已经飞走

而你常驻我的心口

于是我的梦境安然

Loving

我时常会试着写一些英文句子

它们比往常更大胆

是因为语法，发音抑或其他

诗的开头即是关于我对你的爱

白昼与夜，玫瑰与看不见的吻

我瞥见蓝色风信子落在你的耳边

把你的灵魂沉没于海

然后我回归

从风，日暮，眼睛里的火探索

我不是聂鲁达

我没有深切的情歌与讳莫如深的绝望

我选择用朴素的方式爱你

简笔信，一首歌与"晚安"这两个字

明日

在夜神低眉的时辰

当孤独如水一样与灵魂温存

我听到腐朽银戒指的轰鸣

我见希望如火般凋零

我已记不起关于明天的姓名

该从哪里拯救我

该从何时开始

我看见消失的光同不见底的海岸线

再过一千年

我习惯用时间去纪念

那些一分一秒的故事

人们把琴声藏在黑白地平线

我在这儿得到过风的倒影

一万颗星星和蓝色的失落

我还能获得什么

红色围巾和爱丽丝的吻

就是虚无缥缈的爱

我在太阳深处寻找生与死的界限

眼泪和雨点的痛刻录在皮肤的皱纹里

我希望世界如此

青春幻想曲

八月的天空是藏蓝色

与太阳一起也称得上搭配

我漫步走过平原、山脉，我要前往世界

我不追逐风，我在树下沉眠

我又想起关于佩索阿的诗

我想一直走，走到我看不见的尽头

我看到飞机尾翼前往宇宙

我的身边是骏马与赛车手

公路，山坡，篝火旁的吉他来自意大利

为什么你唱爱尔兰小调如此忧郁

你说你叫汤姆，你的爱人是爱丽丝

我学着你抽很好闻的雪茄

我们要这样聊一整夜

翻译

我恰好翻到一首诗

它说，他感到幸福已飞走

他的世界是一百种色彩的黑白

他拜托我助他寻找

可世界恰好是狂风与雷暴

未完结的故事也总是迟到

于是我也感到幸福飞走

我的忧郁告诉我眼泪不自由

关于这一刻

我看到自行车以一百码的速度越过码头

狂暴的风促使沙丁鱼停留在我指尖

我感觉世界只有太阳的热是真实的

于是我不关心空气的温度

于是我无视腹部绽放的伤口

于是我漠视锁骨香甜的玫瑰

我意图盛开夜神的琴音于此

十万个为什么

我听见郁金香的低语

遥远世界里传来大提琴音

我看太阳西落，彩云婉转

于是我有一百个疑问

爱尔兰的民谣总是忧伤

卑鄙与伟大相隔众神的殿堂

婚姻离开物质也难免悲凉

我与我所爱天各一方

我看见自由的风游离故野

于是我在花田里写生命与死亡

你说花期漫长，你只在离别的夏天盛放

Hurt

我很喜欢这些风景

向日葵，郁金香与枯瘦的三行诗

琴音从月亮散进风里

也许是它没有明确的指向

我误以为它来自四季

于是在以后的每一个日子里我片片飘零

我意图留下那些无名的花

我词语匮乏，只好偏激地称它们为忧郁

我已数不清那些时日

我的花园从未如此枯萎

我想睡个好觉

等

爱是神圣天使的礼物

它从云端末梢应运而生

它的末尾有着像巧克力一样的颜色

它是阳光和雨水的结合体

所以它予人甜蜜，使人哭泣

你要找寻爱，不，是爱寻找你

它肩负命运的乐章而来

北冰洋的雪落在南极冰川

我看秩序颠倒，天地旋转

我把它定义为世界末日的重来

Coin and coins

为什么我的眼眶温热

我听见钢琴曲从海底传来

我看流星跨过海雾拥抱冰山

这段旋律让我忧伤

她告诉我关于我的那些荣誉

我总是迷茫，总是醉倒在小路上

我纠结你是否爱我依旧

这段旋律并不重要

我愿冰川平定，海风宁息

记忆碎片

在那些并不忙碌的时日里
我回忆你，一遍又一遍
你的微笑，你的背影
你生疏的眉眼
我试图收敛曾经遗漏的心跳
但我找不到
它藏在了每一个片段
藏在那天的火烧云里
藏在这本诗集的第一百页
藏在我决定爱你的瞬间
于是我拿起笔开始写
关于你的伤口又拆线

泰坦尼克号

像困顿樊笼的金丝雀遇见潦草的风

那阵风清澈而特别，仿佛只为她而来

带她离开了谎言与利益的真爱结晶

并为她的羽毛雕刻上了自由与爱的谚言

可是爽朗的风无法超越冰山

他也不愿让她就此滞留于此

于是他放她飞翔，留下她的爱

他得到了她一生的思念

他只认识她三天

我们把这次相遇叫作真爱

耳机

我愿意一遍一遍地听悲伤的歌

那些情绪饱满的音符与词句

他说他希望迟些爱你

他说阳光落尽枫树林

她说她的心属于你

她的声音颤抖却坚定

我一遍遍地听

对你的思念如水银散进耳机

世界末日

像地壳运动生出层叠的山
寂静的森林汹涌起海雾
空气里弥漫着潮湿的雨
火山石落在岛屿的东岸
白色粉末是迷人的雪
我听到月色里有琴音响起
我看时间皎洁，未来无期

心形波纹

我想

我想把你作为一种意象

代表云朵，蒲公英和蓝色的忧郁

你像一首听不厌的歌

我一遍遍地唱

在入夜的炉边，在种满鲜花的床前

在那些只说给你听的情话里

我看见喧哗浮动下紫蝶纷飞

情书

是否愿意重返爱情

重见被遗忘的怦然心动

重返关于火烧云和赌约的故事

我知道心动时的夏夜总是漫长

宁静的梦也拥有轻风与月光

它们带来海浪与泡沫般的幻想

街角的花店总有不谢的郁金香

千纸鹤里藏着不说的情话

亲手写的信伴随着有些胆怯的吻

我相信每个日出的早晨好事如期而至

在那些时候，在联想星星和你的时候

Yo te amo[①]

嘿

我想你一定会喜欢

那些谜一样的雪

海面不时冒出一两朵来自史前的泡沫

我们会有时间坐下来，就在路边

喝点咖啡、啤酒或者其他的一些什么

然后我们开始旅行

我用所有的积蓄买一辆敞篷车

我要把它染成你所爱的颜色，我猜是紫色

去米兰，去柏林，去马德里，去那些让你驻足的地方

然后我们深吻、互道晚安，我彻夜地回忆你的吻

---

① 西班牙语，意为我爱你。

意大利童话

我听到了什么

亚平宁半岛干热的气候

都灵上空盘旋着海鸥

印有米兰时装的玻璃吟唱着浪漫意大利

我知道信仰上帝的孩子曾栖息此地

我愿意在这儿停留

我听着吉他声传入炉火

像加了糖的冷淡黑咖啡

关于缪斯的问题

每次我想起你

都想起你的眉骨、皮肤与洁白的雪

你喜欢用紫色的发带

你眼睑里低垂的雨

有着从路灯的影子到月亮的距离

后来我不这么看你

转而用缪斯掺杂一些美好词语代替

文明

要构建一座王国

要有臣民，森林，王宫与血

我从棕熊的眼中取走珍珠

我知道路的尽头是无牙的虎

至于狼群，它们孤傲地寻找风去了

于是王国在此

我以隆重的礼节迎接王后

雪白色平安

在新鲜的苹果树下

我嗅到空气里的甜蜜

蜂蜜，露水，潮湿的泥土

我感觉到了昨夜的吻

影子，照片，与迷失森林的熊

月色是星星的不在场证明

除了雪的足迹

我听到眼泪落下

我突然想到

亚平宁半岛的气候

我听到咖啡开始沸腾

我发现阳光滚烫

曼彻斯特的大雨周旋在沙漠

此刻我寂静

我突然想哭

像海鸥瑟缩在长安的风里

我需要一道甜品

零下二摄氏度

在这个雷声轰鸣的雨夜

我反复地读一本书

我听到远处的乐声

像叹息，似低语

我听到落单的白鸽

街角亮起橘黄色的灯光

有那么多的雨点

从我的伞，我的手

我未说出口的话里穿透

零下二摄氏度的雪落在红叶上

关于佩索阿的诗

我不知道你从我这儿拿去了什么

我只记得

从那天开始，我会做一些事

我读诗，栽下一截枯枝

我该用什么灌浇它

我还开始数玫瑰上的刺

如果您还不归来

这大概得持续一千年

以一片云朵和一本书的名义

从二十世纪开始

我看着较早的人沉吟

我看着马德拉岛静静的海

而后我开始思考

今天的宇宙产生了多少爱

也许只有一个砝码的重量

这有点可怕

它甚至不比那多余的烟草

好在我开始读信

于是我发觉今天的爱不止一砝码

缪斯的命运

他说，我们并不亏欠命运

我们各有天命

我却总觉得差了点什么

命运的天平从不倾斜

它慷慨地给予我瞬时的灵感

却夺去我未开放的花

我看她变成斑斓的蝶

于是我也不顾枯死的砝码

我知道你的来处

我知道风的方向

月光，玫瑰，与新鲜的你

我站在庭院

我嗅到蔷薇花开的时辰

今天的风

爽朗，清秀

空气里带着潮湿的红

他有所期待

他已采摘了九十九次日落

也许缪斯会喜欢

也许不会

于是他先为云着色

从心弦波动的第五十九秒

期待

巴黎的时装周

埃菲尔铁塔点亮的时刻

绿色的福特驶过路灯

我看到副驾驶摆着漂亮的花

而后我又想到你

想到你突然进入我心里

就像你闯进我的生活那样

我甚至没来得及摆好家具

只好把你放在了最显眼的位置

图腾

在这样敏感、孤独的时刻

在我抚慰伤口的日子

我看到暴风停留草原

不知道哪里吹来的格桑花

我看冰雪刺骨，长夜无尽

我该走了

石壁上的篝火未灭

沿途的马蹄清晰

我的权杖尚且锋利

夜色下的玫瑰

在今天的第十个时辰

我开始做梦

我看着您

您像一件精美的艺术品

我看到玫瑰和茉莉盛开在您肩头

我忍不住走近

月光为我引路

风神传递您的讯息

我将与您在第三个街口邂逅

Te quiero[①]

我所祈求的

你的心居无定所的时日

在那些支离破碎的镜子间

我希望你闭上眼

夜莺鸣叫也不要哭泣

然后带走窗台的水晶玫瑰

以及来自夜色的绯红

---

① 西班牙语，意为我爱你。

荒芜的时间里

我设想过自己

浪漫，放逐，才华横溢

连夜莺也歌颂我的姓名

我开始等待

我不再描摹世界

哪怕一片新生的落叶

我的眼睑枯竭

剧烈的风不再降临

我只保留干涩的沙漠

后来，有人光顾

他像极了透明的光

由牧羊人的烟斗制造

我知道它

沾着灰烬的死魂灵

它曾承载我

星空的发源

从轰鸣，到沉默

开头

是的，在宇宙的尘埃里

在星辰航行的轨道上

我准确无误地爱上你

没有上帝的旨意

也与暮色月光不相关

好吧，我不说谎

眼神，日落与指纹上的泡沫

故事梗概大致如此

动词

我们会创造词语

并在这一时刻赋予它们定义

"日落"——我发掘那辆古董车

"月光"——不说话的吻

"蒲公英"——正在描述的风景

"报纸"——情书的另类方式

"照片"——思念集装箱

"你"——总和

唐突

我谈起你

一行无从开口的情诗

先写日落

秋天里惊鸣的闪电

无法去责怪风

他与生俱来就该去流浪

我也不该迁怒于云

她所爱的是故事里的风

那些关于永恒的声音

她不会总听到

风不会总爱她

我和自己交流

我一遍遍重复

从心动开始

到落日霓虹，杏色的瞳孔

失语症患者

一个形容词
一种无法言喻的日子
一个无话可说的故事
迷宫粘贴镜子
瞎子面对汹涌的火
我听到滚烫的心跳
来自金字塔的搬运工

消失魔力的日子

我看到喧哗

大雨落在拥挤的伞上

烟雾淹没在寂静海

每一个气泡

每一次失忆

像头发里的虱子

像倒映的星

现在是哪里

十六世纪的文艺

我只有我

花语

给废墟浇水

无趣

但能见到

我梦寐以求的

彩虹

凌乱

你会如何形容一个月份

忧愁的雨夜没有节拍

太阳神戴上暗红色的冠冕

我轻轻抚摸今晚的日子

像是远方月神的歌

直到风赠予我魔法

星辰栖息于幽邃之处

我知道何时停下时间

冬眠

当我沉睡于雪山之时

我嗅到你的气息

像山谷里幽深的篝火

有一捧雪落在火边

我小心翼翼

它像海上的脚印

我如何放过每个漂流瓶

你是唯一驻留的喜鹊

我没有宝石

只有泠泠的风

或者我盼望月亮和云道别

出现在你的窗前

茉莉花，香氛，复古的窗帘印花

台灯属于法国设计

亲爱的您，颈上戴着玫瑰花瓣

淡金色的水汽来自昨日的孤单

可是您如果走到阳台

仅仅隔着英式雕花的栏杆

我在这里

拿着一束相思与满城月色

放大

一片海只有一首诗

大概是因为没有你的模样

我肆意地吻你

阳光一度穿过你的头发

我感到极大的幸福

你的眼睛是一万片海

经营内容

您的形容词

我甚至不知道从哪里开始

从昨晚的玫瑰

今晨路过咖啡机的阳光

您喜欢淡色的窗帘

转角的猫也是暖色

我很早就醒了

看着您弯弯的眉眼

偷偷地一吻

夹杂着云朵，湿润海风的成分

我知道今天仍是好天气

我的心

今天，像一个蓝色的……

用月色和海比喻也许更好

深情的眼帘

我注意玫瑰，茉莉，荆棘丛

我在此栖息

风也加冕玫瑰冠

自从见到你

我感觉一直都是好天气

淡色毛衣

你最爱的

一件颜色淡淡的毛衣

精致的，合体的

淡淡的桂花香

它从不遮掩你

它只在适当的肌肤中缄默

你的头发，月色下的水

而我又应如何描写你

光越过芦苇的颈骨

风为不知名的云驻足

流行音

后来人们开始歌颂

在血色的钢筋之间

在黑白斑马线的空隙

在被汽车尾气划过的伤疤里

我看到时针越过希腊

海水在第十二格漫过金字塔

艾莎比亚是一个囚犯

他的牢笼来自寂静的下月

艾莎比亚不存在

我即艾莎比亚

精细

世界上的工匠

兵马俑的眼眸

亚平宁刀刻的下颌

我觉得都不够完美

只有一位大师

他用柔软的时间

辅助音乐，报纸，老照片

凌迟我的灵魂，我的心

即使它们维持原状

在一九一四

难以置信

这已经是二十一世纪

我在钢筋水泥雕琢的空气里

我看见那个异国的牧羊人

我感受到纯粹的心

以及考究的花边眼镜

他开始写诗

他的魂魄飘荡

于是属于我的时空震颤

死水

我看到那些花体字

忠诚，甜言蜜语，誓言

情人的眼泪成为契约

直到咒语失效，魔药干涸

月色的墓碑记录下历史

幸而上面不存我姓名

我是玫瑰最大的不幸

路灯

我看到前方的夜

年少的云里藏着夏季

直到雾霭吞没潮湿

寂寞的心填满月色

后来我一直走

直到诺亚方舟起航

去年的雪下在明天

落羽无处

转身的缝隙

我看到衣角吹起风

天空里飘起花的香

这花开得委婉

我理解为季节的孤僻

昨夜的雨已下在路口

淹没人潮，徒留寂寞辗转

后来红绿灯被谋杀

黑色笔迹

我坐在这里

是的，只有我在

我的眼里

一轮黑色，黑色的明亮

夜赋予的疤痕

也许还是今早的黑咖啡

我看到羽毛落下

它从忧郁的情绪中来

我知月亮缺水

月亮下的我

从那天起

我变得孤僻

我在忧郁的日子里

月色里的云更冷些

我的情绪流失

我的心事匿名

陈旧的蒲公英落在雪地

从你离开我而始

创造

我无法拥有你

这种方式在一开始就明了

我只能选择创造

紫色的云遮掩迷离的雷声

街边的路灯也是粉色

我们，有点落寞的风吹过

蜗居在围巾里的手

邂逅整个宇宙

我在今晚看星星

几率重逢

一本没有经历的书

厚重的空白被填满

牧羊人的烟斗迷失草原

于是天空有了幻想

以及星相学的观测数据

我给今晚命名

遇见你的每一次

人间云

鲜花是极好的

你描写

忠诚，希望，洁白的爱

在语言与声音被禁止的历史

它们总是枯败

于是季节总有很多戒指

它们会再来

温和的风总要邂逅

它们不再凋谢

聚落的大雨终止告别

爱丽丝乐章末

当我梦见你

在合适的天台

可以看见月亮的位置

风如此温柔，她知道我的胆怯

于是你靠近我

我甚至没能为你带来一场比赛

你带我到看台的最高点

你问我为什么还爱你

我不知道答案，但我还是爱你

即使你立刻忘记我

第五百步开始

我记得

一把月光下的伞

荆棘，沙漠，坚硬的水

没有形状的蒲公英与风

莎士比亚是个天才

命运的钥匙高悬深渊上空

我不是战士，我是懒惰大王

所以我爬下去

把它当作新的起点

晚安

紫色的桥

稀稀落落的灯在湖的对岸

今天起雾了

一个黑色的月亮

谁换了新的颜料

博尔赫斯如是说

你爱我双眼间的阵雨

你从风的尽头带来一片海

奢侈再见

你写给我的信

蒲公英，听雨，今天晚上的你

像淡淡的小提琴

从银杏的叶边

每一个冬季的角落传达讯息

还是一整夜的雪

还是炉火里重聚的恋人

屋子里剩余的温度

来自五月

你要记得

从静静的桥上走

阳光下的鞋子很干净

底片在第三个方形孔下

如果你错过了底片

在第五个世纪的桥洞

你也可以收到那束玫瑰

我在阳光的顶点处

迷迭香的花园里

不用带伞

你来了，雨自然停息

婚礼

珊瑚岛珍贵的海贝
第几个世纪的城堡
我设计最盛大的烟火
粉刷过每一滴炉火
宇宙也需要一尘不染
星星当然可以免俗
我等一百米外的乐队
等我心跳的旋律
等一匹洁白的骏马
等我牵着你

这里是二十一世纪

就是这样一个雨天

你撑着伞

你在街角的红绿灯旁

你想去买花

我在你背后

我骑着白色的骏马

我抱着你，带了玫瑰与雏菊

从这个雨天接吻到明年春天的月色

我们的旅行从赤道开始

我们

月亮与孤独的灯塔

断弦的小提琴

海浪淹没泡沫

空气里吹乱的诗

你走了一步

一个人的歌剧舞

乌托邦

那些

彩色的云

彩色的花

亚热带季风的旅程

阳光保持在烤面包的温度

你身上都是海水的味道

以及一些神秘的香

你是雪白色的代言人

尽管我惊叹于篝火的黑

我爱你

长长

喜欢

我用复古的胶片

屋顶的天空是灰色

有从前年代的味道

不仅仅有歌曲的情调

音响，手杖，旧檐帽

还有一动不动的火车

写一封信给你听

用一百年的时间记叙

说再见

还是和往常一样

你颤颤巍巍地下楼

声音里带着浓厚的爱

我感觉不出异样

我说，再见外婆

我策划你的蛋糕

我成为你的遗物

我负责记住你

从照片到房间

旅行

请妥善保留每一张机票

从我们的过去到现在

从细数蒲公英到布满整个肩膀的银杏

最好不要贴在墙上

回忆永远不显眼

它只在角落里眼眶湿润

一个冬天的童话

我看到你的眼睛

幽邃的雪山与黑色的海

从前的月亮没有升起

甚至没有灰色星星

我是那枝大学生的玫瑰

所以你不必爱我

即使你拥有我的全部

包括我的影子

重逢

重逢这个词该是如此美

戴上一顶显得绅士的帽子

一把深色的伞

一定得是长柄

看秒针跳过十二点

衣襟沾了黑色的雪

于是玫瑰种在围巾花园

记得选一双合适的靴子

荆棘与深谷藏在重逢里

玩具

你要知道

夜色下的星星很好看

炉火旁打盹的狸花猫也是

一盏复古样式的台灯

隐约有些巴黎的味道

你在夜的最深处爱上我

这份爱持久也坚决

在黎明的浪漫中

头发

一蓬稻草

像被火烧过

旺盛的干枯

谁知道它们是怎样

或许明天又活了

我安慰另一些草

期待我困顿的命运

看清你

你，我，我们

家门口的吻

你和月亮的忧郁

你眉骨中间

峡谷里幽深的你

你激烈地爱着我

我在深渊的沉默里

我们开着灯做爱

我看着你

属于玫瑰的荆棘花园

灯

什么是夜晚
我暴露在世界的时刻
从无聊的灯开始
我的瑕疵无处遁形

未来

靓丽的

洁白，洁白到神圣

当然也有漆黑的尾羽

从夏天乘凉到这里

为了一整个冬天的童话

然后决定了

一只鸟，飞往梦想的雪山

把自己葬在山脚

孤独症患者

做些什么

做着什么

我应该高兴

我不孤独

我想说什么

有一双耳朵在篝火旁

于是我们无话不谈

于是影子爱上我

我爱上影子

一首悲伤的回忆

从我爱你开始

月亮碰在礁石上

远处的星星

远处传来的青草香

螃蟹壳种在沙滩上

我触碰你，我呼喊你的名字

我吻你，一遍又一遍

在月亮爱上太阳时停止

一封破旧的书信

他说，温柔在海里

我是云的倒影

他说，你像鲨鱼礁里的海豚

我是搁浅的蓝鲸

他说，沉睡的水在哭

我听到你叫我

暖风

暖暖的枫树林

一片又一片

叶子落在雪地上

鹦鹉带着面包的味道

从第六天开始下笔

破鞋，老旧报纸

发霉的机车与过时的吻

一个活着的日子

无声，无声的葬礼

好像只有我在哭

后来有了声音

他问

为什么要在这里

他想回家，玩他的小玩具

他还太小

尚且听不到亡者的风铃声

远处的云很淡，看见几座山

像一面镜子

我爱月亮
它用清冷的温柔
宣告故事的不确定性
以及一个世纪的完整
我爱她

选择

天气很好

汽油的温度从北边来

遥远的发动机轰鸣

应该是幻想

和昨天晚上的声音一样

一辆老式敞篷车

燃油不充分的味道

我教你藏玫瑰

在清澈的雨里看彩虹

在一个日落的背后

和一个老古董

何时何地

一架飞机的起飞

前座过时的旧报纸

涡旋悄悄点上一根烟

它生性风流

邂逅每一朵云

关于海鸟和沙丁鱼的故事

一架飞机的落下

定义

你应该是

寂寞的火山熔岩

心灰意冷的孤独牵挂月光

汹涌的闪电喷薄出海浪

柔软的蒲公英

阳光下的温柔邂逅一早上的雨

一切美与美的形状

旅行

一艘宝石的船

从里斯本到洛杉矶

我看云没什么忧虑

海马也漂漂荡荡

剥了壳的龙虾带着椰子上岸

小牧羊人的眼睛是蓝色的

今天的流浪是自由的海

一直

想象你在秋天

在古老的树下

穿着应季的衣服

我拉着你

在那条枫叶路

今晚的猫静静地听

那些从十六世纪开始的情话

我们走得很慢

我们有的是时间

我们用月色消遣

不会

你用一种花的形式

森林，雪山，寂寞云

每次比喻我

冰块，深谷，沉默鹿

配以疯狂的花期

一份

海边的云

漂流瓶刚与螃蟹分手

沙粒寄居在海的身边

她知道他不爱她

所以他只是偶尔光顾

就像蓝鲸邂逅巨大的雨

我用自由代表孤独

有一个夜晚我们在说话

我

钟爱

梦呓的笑

倾盆的孤独，寂寞的烛火

在你的低语声中

我撷取塑造我的颜色

以及夜的吻

无聊但有趣的事

我想

在一个雨天后

空气里带着潮湿的香

能找到没散架的蒲公英

我打着伞

约你去散步

其实我给你写了信

说雨很大，我们去散步

于是我带着信去找你

假如生命的终点

是的

日子不能重来了

秒针已指向了宿命

我只好用力亲吻你

我要看着你的眼睛

然后

我变成羊

咀嚼了我身上的玫瑰

转眼

破碎的阳光

渲染出蓝调的薰衣草香

冰激凌从早到晚

我看着你

日落，残阳

稀落的云成了雨

从一个昏迷的早晨开始

空气流失爱的分子

等诗

要给你写什么

写一封有着复古笔迹的信

上好的墨水带着香

写昨晚屋檐上的猫

用一颗失恋的心缝补月亮

写过夜后的疾风

隔壁的老园丁摔坏了煤油灯

巨大的雨下到未来

我提笔写下三个字

结局

从盖着青草的云开始
从熄灭激情的山谷开始
从夜里缤纷的雨开始
从诗页里的玫瑰花开始
从日落时分的雪开始
从迷乱的波浪开始
从水晶破碎水晶开始
从不愿意结束开始

纽约雨天

有一天

纽约城的大雨

落在圣帕特里克的衣角

自由女神像爱上了漂流

她的爱人在华盛顿

马蹄的声音恰好浓郁

街边的电影是《英伦伯爵》

我们在风干的博物馆接吻

从中央公园到哥伦比亚

浪漫得不要命

第十六个晴朗的夜

在这里

在第十六个晴朗的夜

挪威的冰山漂流

在属于星星的故事里

钢笔的墨水浸透羊皮卷

孤狼的玫瑰栖息于此

端着茉莉花香的莉缇娅

于是也看了一次日落

一百零一次夕阳

从古老的传说伊始

玫瑰，紫罗兰，甚至青草的香

初生的幼鸟梳理羽毛

夜的余音是篝火的低语

当我趁着雨的缠绵溜出月色

它告诉我时间如何流逝

从新世纪的童谣伊始

节点

时间从哪里开始

皮肤接触第一束光

山谷的风浸湿月色

第一颗星星的旋转

还是从停止的时刻开始

眼睛

世界上只有一个月亮
却有一千万种孤独
它离散在相逢的背面
分布在每次月盈月缺
有时候月亮也会哭
所以傍晚总有蒙蒙的雨
淡淡的月色里浅浅的愁

灯下的笔记

这个时候

每当此时

我都希望你在

我们不说话

拥抱着彼此

把寂静的烦恼消磨于夜色

关于晚安

所以我写

昨夜的星星

昨夜晚归的月亮

莫名的灯与莫名的雨

当然，我的私心是

写你情归何处

你在此时光顾

从现在开始

我说，现在就出发吧

从寂静的荒芜开始

我不管明天有多远

这时候我鲜活

我牵着你的手

我要把你带到夜晚的巴黎

分秒

这一刻
也许就这么一刻
我希望和你在一起
只是在一起
不说话，不聊天
看着夕阳，用小指亲吻

一个晚上

一朵带着暮云的花
一支填满日色的笔
今天的星星下在伞外
错过的暴雨
心头微醺的风铃
爱神在第二乐章光顾

突如其来的日积月累

黑咖啡也许更好喝

就像我偏爱白葡萄

去年剩下了玫瑰花

陀思妥耶夫斯基很香

做一朵辛波斯卡的云

于是我意识到

我竟然如此爱你

关于那个莽撞的故事

你的眼睛

你吐出香气

一种夜色的，紫罗兰的味道

我的指尖划过你的眉骨

清爽地滑落

月光下的风

月光下的

紫罗兰

我感到舒适

在你眼睛的背后

你的红色是血

眼泪在时光里打转

我和往常一样

用特殊的暗号敲门

打开走廊上的灯

沙发上的靠枕还在原位

冰箱里还有一点剩菜

水果刀抖动着尘埃

像温暖的光落在掌心

一切都没变

在我回顾以后

离开你的日子

后来，日子还在继续

向日葵的花语落在雪地上

天边的云悄悄走

一阵风，一缕深沉的日色

它们没什么变化

我也是偶尔想起

萧瑟的冬天

我落在夏夜的雨里

一首落寞的流行歌

从去年

从第 001 年的年头

划过我的身体

划过秋天的水

时间的长裙

爱丽丝

月光下的梦

风车里过季的风

白色的积水爱上彩虹

爱丽丝

爱丽丝

我爱你红色的卷发

爱你眉心的纹路

爱你眼眶里的积雨云

我在看云

我刚刚吻过你

有一点湿润

喜欢

我坐在山坡上

看星星，看月亮

看夜莺的晕头转向

我生起篝火

将一把复古吉他的歌

献给爱丽丝，虽然

我不认识她

我坐在这里

坐在你身边

坐在蒲公英摇曳的岁月

这一整个夏天

我讨厌燥热

讨厌皮肤上蒸腾的水汽

所以我烫染头发

我又很喜欢灿烂的花

喜欢水果在味蕾里爆炸

花的意义不在于花店

水果是云朵和尘埃的告别

十二点四十

遥远的以后

成群的星

结成风干的云

在我看到的槐树下

或许也不是

那一地粉末的月光

重逢

我愿意复述

爱你时的每一次心跳

你的眼神沐浴在月光里

越发明亮，越发温情

可不爱时的眼神也在月光里

越发明亮，越发孤独

伤害

摧枯拉朽地倒塌

在记忆的每个角落

照片，情节

手掌心的余温

玫瑰的第一片落叶

还有眼睛里纷飞的冰雪

把我毁灭，宛若新生

一个晚睡的夜

我总是睡不着

我知道

相逢是一场离别的雨

在眼里

在光里

在时间里

作为一场纷飞的落雨

因此我总是睡不着

第四百首情诗

我喜欢暖暖的灯

沙发上的衣服可以凌乱

传来木质楼梯的声音

餐桌上有菜的余温

我跟你，在书房的角落缠绵

轻轻地翻开书

我们养了一只猫

你很爱我，可我还是更爱你一些

一分钟

漫长

秒针转过每一个魂灵

雨伞下忙碌的眼

车轮的螺丝努力地疲惫

我接受尘埃的趾高气扬

赞颂沙砾的微不足道

在这样的天气

只有水保持平静

化妆

喜欢果冻和棉花糖

在爆竹声里欢呼雀跃

去山坡上

数羊群

像一朵朵云，只是连接大地

风筝，彩色照片的风筝

飞得像蒲公英一样

让山脚下的你也欢呼雀跃

昨天我一百岁

干枯的

昨晚的文字

一群吞食回忆的蝗虫

心动，爱，忧愁，悲歌

只剩下躯壳

今夜的话

镶嵌记忆的年轮

丰富，圆满

淡淡的云里淡淡的月

云下的爱

湿漉漉的海浪

低檐帽里螃蟹的呼噜

在竖行的沙滩上

我，吹响口琴

在氤氲声中

对折星星的祈祷

为你披上一身月色

世界是火

枯萎

野草在时间里被放逐

死去的神灵

海洋变成干枯的树

消失了

空气里的石头

荒原里孤狼的吼

重生之前

世界是一团火

笔画

我亲切称呼你十二

朋友，爱人

少一点缘分，多一撇陌生

在梦里

在我和你之间

你纤细的手指

划过肌肤的手指

呼吸，呼吸

紫藤萝的香

你的每一个吻

在呼吸与悸动之间

在我和你之间

鸢尾穿着靴子

答案

我为什么爱你

你说风往何处

秋天为什么离开

落日又搁浅在墙角

榆树里冬天的味道

在玫瑰里打盹的猫

有丁香花的香

三行

你是

人声鼎沸的时光里

我偏爱的孤独

表达

写一首情歌

管它是否落俗

又能否获得金曲奖

花语

月色的玫瑰里

我来了

他们说一座黄金城

长在第一根倒刺上

我来了

汹涌的潮汐里

有一座岛

当我提起你

他说起你

克莱因河的春天

紫罗兰在巴黎的咖啡里乍现

午夜里慵懒的猫在镜子前蒙住眼

有丁香的味道

一团密密麻麻的萤火

我只用了一盏灯的时间

膝盖下的国度

尽管不承认

阳光照在我眼中时

我只感觉到更加干涸

从心里的第一片荒芜传来

它还在挣扎

以凋亡星空的名义

从烈日到洁白的墓碑

一个爱情

他走了

他担心见到她

他担心忘记她

他担心再爱她

他来了

他又来了

带着玫瑰，忧伤

与纪念戒指里一夏夜的香

诗

如果算起来

给文学投一次票

除去应试教育

大家闭上眼

我的选择是孤独

启示录

那个家伙

青涩，胡楂和年纪

身上带着栀子香

站在樱花树下

白色的衬衫沾上春水

金色的头发，金色的世界

他又穿了夹克

女孩们都爱他

在每一次发动机的轰鸣里

第二十首情诗

你和我聊天

说天上的星星很美

说蒲公英散得热烈

说地上的青草香

说我脖颈上的口红印

说你鼻尖的汗水沾着头发

说我上翘嘴角露出的虎牙

说我为什么笑

说所有问题的答案

Fast

我记得

盛夏里焦躁的风

玫瑰在热浪里放荡

月色缠绕着狂野的尾气

他在街角抽烟

看着那个女人，她也抽烟

她拿着刀

今夜无事

昨天

带着刺的山楂树

去年的春天很潮湿

我喜欢樱桃的味道

在尘埃里腐烂

所以

过去的风没有记忆

我确定

爱情

我想到

堆在抽屉里的每封旧信

窗外来不及存档的照片

下雨天你潮湿的眼睛

埋在锁骨里的窃窃私语

眉眼间汹涌的吻

当我想起你

不说再见

总有一天

我，我们，所有人

互道珍重，拥抱

新鲜的铃兰花

各自转身

在下一个山水里

遇见或不告别

成为离群索居的，孤独的星群

我怀念的

你看着我

像一首拼凑的赞美诗

一首不沾韵律的七言

一场下在寂寞里的雪

时间干涸在记忆里

已与山水无缘

从我坐下的时候

好久不见

月光柔软，海浪里起雾

清风在日暮里被萤火光顾

旧的故事在秋色里沉湎

仍没有日落

它还活着

甚至更新鲜

遗忘

我离开，离开我

旷野的风远赴山脊

我邂逅，邂逅我

孤单的月色聚集成云

我迷离，迷离我

过滤的雪在镜子里结冰

我执着，执着你

莎士比亚的天才被判处永恒监禁

黑色

我如何形容夜色

在她的呼吸里

我沉默着

聆听她永恒的低语

像一颗离群的星

温柔

我站在窗里

紫色的窗

拐角的猫好像

一动不动

蓝色的忧郁带着玫瑰

倾泻在她的伞下

只是月光不再

也没有风

爱

当我不再成为风的孩子

我的眼眸从金色变成了粗浅的灰

在时间的月色下

我没有眼泪

我的世界在星光里枯萎

你沉默在星光里

我少年时的宝藏

知足

天空的星星很好看

倒映在城市的街道

起了雾

榆树长得很高

你发现了那个树洞

我的小小心思

钢琴曲，小提琴的奏鸣

古老的乐章穿越风干的神话

我摘下你心上的雏菊

从那之后

夜色下起了风

孤高的海鸟越过飘蓬

星光深沉，壮烈

妄图染指月色的余温

我把从前的诗

折叠成邮寄的信封

无论你收到多少

昨天阿多尼斯杀死了神灵

照片

你在笑

在月光的直角里

撑起来往的风

还是老旧的别克

枯萎了一整个后备箱的花

我抚摸你性感的皮毛

昨晚的时钟坏了

映象

你又如何形容我

在你呼吸间流浪的风

伞外温柔雨里的海鸟

辛波斯卡没开机的电脑

潘帕斯草原上深沉的玫瑰

没有人比我更痴心

在你暴雪肆虐的眼睛里寻找我

五月天

你出现在哪个位置

夜莺与玫瑰终章

莎士比亚的十五行

五月赐予金色，深沉

风车下逆行的珊瑚

紫色的蒲公英

我选择它与你赴约

去世后

当电话响起

我解释

一遍又一遍

承受惊讶与悲鸣

带着笑结束

不是你的

关于你的电话再次响起

结局

后来我遇到你
在爽朗的月色下
窗外的雏菊开了
有风吹起来
没有多余的话

叩问

我的命运是什么

在星辰的某个轨道

死亡，虔诚的花，极光

有人走开了

响亮的回声

可惜在宇宙，在角落，在宇宙

前一晚

他站在巨大的广场

寂静，寂静

寂静在千山万水里

寂静在他的孤独里

夜色寂静

关于每一个夜晚

你怀念什么

怀念一段旧时光

怀念从前的风，从前的青草

怀念没有变过的太阳

怀念一如既往的告别

白天过分招摇

只有在夜晚才能被悼念

尽管它高居于死神的面纱下

结局

他年轻，俊美

灰色的眼眸夹杂着一点蓝

被金色头发遮蔽

在每一次奔跑

每一次呼吸之间

然后他死了

夕阳率先落泪

墓碑旁还开着花

旅行

只是十点
巨大的城市
更为巨大的雾
或是烟
从玻璃窗前路过
黑了，亮了
风在野火里急停
路过的，我

昼夜

我总觉得夜是礼物
它包容了痛苦悲哀
也不放弃幸福
它向旅者张开怀抱
暂停疲惫人生的脚步
它蕴含着月亮的礼物
直到黎明把它们偷走

倒流

当我

捡到那片光

一只穿靴子的猫

叼着没人要的树叶

街角的小孩

踢出一脚很棒的任意球

飞得好远

以至于沉浸在岁月里

再见

来自幽谷的雪花

飘逸在寂静的岁月

从前的风落满了长发

于是有了未来的痕迹

我看到，看到你

挺拔，骄傲，带一点艺术气息

仍然喜欢黑色

把荒唐的故事留下

挥手道别

被世界记住

总有一天

你路过这座坟墓

它向着光

早上是金色，持续到晚上

从火红变成月光的白

墓碑上铭刻着

我的名字，我的诗

我被世界遗忘的日子

在

四月的樱花第三次落下

风吹起了窗外的蒲公英

吹进温暖的光，悠闲的云

吹遍过去与未来的春天

它们飘荡在每一个角落

飘离当日的蒹葭

飘过去年的桃花

他们见证着

我拉着你奔跑

为了与落日的最后一次邂逅

以及昨夜的月光

清明

火在烧着

无休无止的灰烬

从天国到来的风

没有下雨

那些阔别许久的思念

应当得以重聚

我爱你

你知道的

我从来不懂爱

可我也明白

新鲜的花，泛滥的云

清澈到有些过分的深渊

以及生活在自由幽谷的风

我只从你的眼眸里读取

当

当我越过

当我越过深沉的幽冥

在崩碎的雷雨和火焰里

当我跨过荆棘

没有花，辽阔的风

又是个好天气

沉默

我看到

在风与松柏之间

在磅礴的雨与瘟疫里

在腐烂的闪电降临前

我蒙着眼

像沉默的云撕开世界

不再见的再见

生命里所有的文字

回忆成空荡的泛音

我站在那里

一首悲伤的诗

用爱，生活，每一次再见写成

思念

我躲在墙角

厄运，沉沦

世界上所有恶的开始

天黑黑的

你帮我盖好被子

摸了摸我

蹒跚的身影消失在门后

房间里只剩下爱

共鸣

当我触碰

世界轰鸣着

在厚重的云层里

在蜿蜒的寂静下

哭

当世界触碰

那年

他一直走

从淡漠的紫到炽烈的红

从湿润的空气到清爽的风

背影在时光里眷顾

以一颗苹果核的名义

借一缕枯萎的树

他一直走

伴随

满天的星

伴随飘飞的萤火

清冷的日落

与世界的第一万次告别

在我看不见的时刻

晚安

飞动的风

月色在清冷里孤高

像离群的蒲公英

灯火，路牌，驶远的车

摇曳在平常的年岁

世界在晚安里寂静

该用什么迎接春天

听

南山的樱花

飘摇在月光下

带着夜雨的水汽

那把油纸伞

在淡然的暮色里

惊雷乍起

爱

你是如此爱我

爱我天真，爱我散漫

爱我的不善言辞

爱我微红的耳根和脖颈

爱我自由的魂灵

尽管它如此残缺

看

我

窥探世界

第五次的时候

隔着两片海

以一颗星星的名义

当

当我登上

世界第一高山

眼泪，迷失在光与雪中

人们看到星星

然后坠落

当我登上

世界最高的山

好像

你在写

写一首歌

写一部空旷的曲

写一篇晴朗的句子

写一轮悲伤的诗

下午

我
困在昏暗的时光里
一个枯萎的人
在窗户打开之前

世界

还能多说什么
时间给予了所有
幸福，爱，痛苦，忧郁
以及一切的答案
流星

纪念日

他们热恋着

在海里亲吻

肌肉，纹理

带着海浪的清咸

他们窥探彼此

隔着灵魂

终于，他们眼神清澈

仅仅一个吻

在那一夜

阴天

该怎么去形容一场雨

冰箱里没吃完的水果

窗帘半掩着

椅子上有了灰，还是沙

阳光穿过了木栅栏

只是这样

南京

金陵的风温柔地吹着

鸡鸣寺的樱花吹到了玄武湖

秦淮河边的雕栏玉砌依稀可见

不是每个人都能看到

乌衣巷口的夕阳

被不知名的建筑吞噬

夫子庙的人还是很多

女孩走过一条青石板路

我刚到，带了一点风沙

没有名字的名字

你呼喊我

名字，内容，句号

空无一物

四季里堆满了杂草

芦苇，天鹅，又回到芦苇

慵懒的银杏长了水泡

我回答你

背靠背

信息

我只记得

那天的思念

在我周身

堆叠起汹涌的风

春

微醺的雨

细腻亲吻雪下的旅者

每个月份里的闪电

藏在一万条柳树下

这是春天，每一个春天

选择

我选择

代替风

过往与曾经

浇灌出永恒

以牺牲的魂灵

在水晶破碎前

在我之前

千千万万的我

在灯下

在树影下

在风的目送下

在成为太阳之前

是我

日落

你呼喊我

用特别的语言

草木，云朵

未驯服的风

刚铺好的鹅卵石

有一点冬天的温度

重塑我，着色我

你

我忘记了什么

于是

我问苍白月色下的火

问穿墙而过的风

问沉默的海里的星星

问那行将枯槁的蒲公英

他们告诉我，你很好

于是我留下遗忘

继续向前

Time

你是

生命与死亡的桥

夹杂着爱与恨

苦难与幸福填满

我痛恨你

但我向你祈祷

直到我面见魔鬼

当一切开始

当海风吹干沙砾

夜莺婉转停留在墓碑上

平行街角的异乡人擦肩

月光伛偻成冰冷的火

然后诞生太阳

当一切结束

夏天

海浪，翻涌起海浪

一点点忧郁

以及微咸的风

沙滩上的椰子

来自哪里

沙砾，棕桐树

带着信的啤酒瓶

我不讨论它们

我的爱已情归他处

Love story

滑雪，把雪花溅到身上

在没人的公路上骑车狂奔

在薰衣草丛里接吻

向日葵与满天星

你嘴角还有余香

祈求日落带来火热的夜

拥抱，心跳的频率，入眠

第一千零一夜

栀子，春天的风

玫瑰花语里的童话

沙漠翻涌起波澜

吟哦着冰与火的低语

要摧毁这一切

从死亡开始

爱情

你喜爱我

厌倦我

从窗口丢弃

玫瑰

长在悲哀上

开成一首枯萎的诗

没有名字

你亲吻我

唇语

一本记事簿

晚安

我爱你

这句话

在寂静的夜里

猫头鹰的羽毛

第二朵玫瑰的刺

尚未驯服的野马

我仍然活着的证明

我爱你

讯息

我对着宇宙

解析指纹

贫瘠，穷困，枯萎的花

新生的太阳在倒刺里落下

夜幕剩了三颗星星

遗留着月亮的空白

在银河诞生的前一夜

我对着指纹

解析宇宙

一个午后

在这里

在干枯的木头上

我思考

思考花开，悲剧

思考头发与头皮

思考美与荒诞的艺术

思考一切前的你

意义

后来

万物变化成

眼泪，野风

饥饿的石头

时间赋予我回忆

但又遗忘

只为塑造

海风

那座岛

与生俱来的孤独

雨一直下

与寂寞为伴

在海与岸之间

我不懂它们

致死亡诗社

没有触碰生命我们会死

没有浪漫与热烈我们会死

咆哮的诗歌诞生于此

从雪山，沙漠，阴沉的雨天

世界的每个角落

致托雷斯重返马竞

你是马德里城的孩子

你有阳光般灿烂的金发

你出生在明媚的西班牙

我们曾如此爱你

爱你的年少轻狂，天下无双

可我们能给你的总是太少

于是我见你成为利物浦的宝藏

看你迷茫在伦敦的淋漓大雨

米兰也无法承载你的失意，你的忧伤

我突然想起我们唯一能给你的

那个名为"家"的地方

你的眼泪证明我们彼此的爱

卡尔德隆最终与厄尔尼诺重逢

致皮尔洛退役

时光是一段长长的阶梯

每一级上都定格着关于你的回忆

你的飘逸，你的优雅，你的沉静

你就像亚平宁的风，温柔而坚定

不露锋芒地陪伴在米兰城

如今，米兰已失去了你，足球也失去了你

亚平宁的风仍是如此平静

只有它温柔地经过我的眼睛

我才读出它的不舍悲情

七天日记

Day1

不管是因为神仙姐姐还是无缘而起的风，我又来到了沙溪，这个群山环绕的镇子。相比上次，它明显变得更热闹了，有更多的人从外地回来谋生了。听一个开小黄车的叔叔说，之前他一直在昆明打工，自从沙溪火了后他也决定回来找点事做。虽然小黄车一趟只挣二十元，除去成本每天可能只能赚几十元，但是他干得很舒服，他的妈妈爸爸在这儿，他的孩子在这儿，他的家在这儿。

这些沉默寂静的群山，困住了多少人，又眷恋住了多少人？有多少人带着遗憾、希望、梦想离开了那些云那些风，却夜夜在梦里困着，那些生气寥寥的房子有多少重新升起淡淡的烟，又有多少永远沉默了？我不知道。关于梦想和家的故事，我没有答案，我尚且在寻找它们之间的平衡，可是我看着那些回家的人脸上的笑，看着祖孙三代坐在充满年代感的木桌旁吃着水性杨花[1]，我好像又有一点答案。

day2

其实世界上每一个人都有自己的位置。

沙溪是一个安宁而缓慢的地方，一天甚至只需要干一件事：坐着看云、听风、观雨。

我根据抖音的推荐找到了一家小巷中的咖啡馆，咖啡师是一个红头发女孩，我去的时候她静静地站在吧台做咖啡，她说她最擅长的咖啡是菠萝冰美式。我点了一杯，真的很好喝，而且很便宜，比那些六七十一杯的特调咖啡好喝得多得多。

坐在那里看云看累了，开始看曹禺。以前看《雷雨》，觉得人物死的死、疯的疯，好惨好惨，可是看了《日出》和《北京人》又觉得《雷雨》好像没这么惨。《雷雨》和《北京人》虽然都有些封建大家庭的压抑，但周家的死水里至少掺杂着一点别的东西；而曾家除了瑞贞，所有人都锁在了那个暮气沉沉的家里，无法逃脱。

这时候的咖啡店只剩了一个店员，是一个广东的靓

---

[1] 水性杨花，即海菜花，当地又称水性杨花。

仔，很帅也很腼腆，我多买一杯咖啡他说了三次谢谢。我去上厕所，请靓仔帮我看着东西，回来发现他坐在我对面位置看我的书，看我回来，他不好意思地笑笑。我们开始聊天，我问他为什么不留在广东，他说广东太热，他说想自己创业，他说他是被大城市淘汰的。我不同意，我说世界上每个人都有属于自己的位置，只是他还没有遇到，何况他做的咖啡比刚刚那个女孩做的更好喝，他摸了摸鼻子，又不好意思地笑了。他还说想去烟火气很足的地方，但是又放不下沙溪宁静悠闲的日子，这个问题也困惑了我很长时间，或许在未来的某一天我们才会找到答案吧。

临走时他和我说有机会再见，我希望下次再见是在北京，在上海，在重庆，在他所希望的有烟火气的地方，我看到他站在属于他自己的咖啡馆里做很好喝的咖啡。

day3

夜以沉默观看人们的沉默。

去了外公的老家剑川县城，那里和沙溪一样被山和山包围着，很难想象外公当年是怎么从那个地方抵达上海，又从上海回到曲靖的。如今的剑川县城和十年前相比并没有什么不同，仍是那样静谧，周遭店铺的海报还用着十多年前的款式，它就这样隔离在山和云里，可能只有路上的一辆辆车才让人想起外面的世界。午饭是在一家名叫"河畔人家"的白族私房菜餐厅吃的，没什么特别，只不过土豆丝炒桂花菌让我吃了五碗饭，最后剩了半盘牛肉，很难想象四个菜七碗饭只花了一百三十二元，还有剩余，当时就记住了这家店，以后一定要带你们来吃。

回去的路上开着车窗，看着一片片巨大的云越过山而来，这里的云总是这么团结，我忍不住想，会不会有一天它们真的越过群山吞没这里的一切——记忆，烟火和从前的痕迹？

晚上爸妈去喝茶，我一个人又泡在酒吧里，这里的酒吧没有嘈杂的肢体交缠，大家都坐在那里听着驻场歌手唱歌，甚至你可以点一首歌自己唱。这里的特调也很有意思，不是急支糖浆的味道，调酒师会根据你的口味喜好来为你调酒。我唱了《爱情转移》，很遗憾不会《富士山下》，老板送了我一杯他的特调，有点苦，这个四十六岁不抽烟的大叔说，调酒就像人生，哪有那么多甜，不过苦中作乐罢了。

走在下着小雨的青石路上，沙溪没有夜生活，晚上十一点后夜晚就正式接管了世界，人们沉默着迎接它，它以沉默作为回应，他们在沉默中融为一体，在这里有一万个美梦和一万次对明天的期待和爱。后来雨停了，我看见了星星，很多星星，它们依然沉默着看着人间，想来天上是没有昼夜的。我始终相信离开的人没有离开，它们只是换了一种方式陪伴这个世界，它们的每一次闪烁都是在梦里与你我的相会重逢，有时思念太过浓郁，于是那天大雨倾盆。

day4

我来，我被看见，我继续。

回家的路上我第二次尝试上高速，虽然拿到驾照满一年了，但还是需要爸爸妈妈的支持，这次开了一百公里，上次只开了二十公里，是车的一小步，我的一大步。

回到家，就从纯粹的放松切换成了忙碌的慵懒状态，上课、看书、休息，时间循环着流逝，我并不觉得有什么。

作为一个文字爱好者，我最大的幸福就是被看见和被肯定。我喜欢给朋友们起奇怪的绰号作为备注，我叫她爱丽丝，和爱丽丝梦游仙境没有关系，我只是想这么叫她。她很细心，她告诉我我的文字很棒，她告诉我她看完了全部，她告诉我继续加油……这种感觉很棒，它混杂着喜悦、感动以及一些无法形容的情绪，它难以消退但却并不明显，它只会在我每一次落笔时汹涌，我已明了我并不孤独。

选了几张照片打印，海晏村的玫瑰是我最喜欢的，那些玫瑰就像在海浪与阳光的韫养下生长的一样，它们和海洋如此融洽，倒是周围的吵闹有些格格不入。为了防止岸上的人们尴尬，一个身穿奥特曼服装的小朋友三拳两脚让它们支离破碎。

因为家里要装修，车库变成茶室，曾经堆积其中的很多东西都要收拾出来。我看到了它们：断掉的鱼竿、漏气的足球、落了不知道几层灰的高数书……它们对于我只是杂物。我还看到了我一个营的三百二十八个小兵人，我已经很久没吹集结号了，可是它们还是那样忠诚地等待着我，那支小号已经被我遗忘在从前了，我不知道在哪儿，我只知道在从前。

day5

如果你一直记住我，我便一直存在。

不知道为什么，今天醒得格外早，健身房休业也无事可做，家里正好在收拾屋子，我也去淘淘宝。

看着高中的资料，这些之前被我当作宝藏的东西被一箱一箱地抬出屋子，他们都在等我做决定，我该保留它们吗？可是家里已经被我大学时的资料占满，已没有它们的位置了，那些值得珍藏的瞬间都锁在我的柜子里，留下这些资料也没什么用，于是最后它们被变卖，我剩下了那些珍贵而零碎的回忆。

新买了佩索阿的《坐在你身边看云》，葡萄牙不只有克里斯蒂亚诺，阿根廷也不只有梅西和马拉多纳。佩索阿和博尔赫斯，一个深情的牧羊人和一个沉情的哲学家，是伊比利亚半岛和潘帕斯高原赠予世界的唯美礼物。

看完了余华老师的《第七天》，没有想象当中凄惨，即使整篇故事从一开始就处于生与死的灰色地带，我却仍然觉得它是如此唯美而令人感动，它让那些生的遗憾在死时圆满，当然，有些遗憾最终永远成了遗憾。

有相当长的一段时间我不惧怕死亡，我认为死亡只是人生的一个阶段，我们抛弃肉体而得到永生。但直到自己的亲人离开，而自己除了流干眼泪便无可奈何时，才发觉自己从未如此憎恨和畏惧死亡，它就像一根拴在每个人脖子上的绳子，不知道何时就会突然收紧。但随着时间慢慢远走，我对它也不再如当时那样害怕，当然也再不敢不屑一顾，它给我的感觉就像谢之遥所说的那样："当你看向我，反复回忆我，向人提起我时，我就在你身边。"那些离开的人并没有离开，只是我们不再能像从前那样经常见面，他们换了一种形式去继续陪伴我们，而每次想起他们时，我们如此悲伤却也如此幸福，我想这就是死亡，这就是生命。

day6

"今暝没尽去，明朝复更出。"

罗兰·巴特在《恋人絮语》里说："我爱慕的、迷恋的对方就是无法归类的。我没法将他界定，因为他是唯一的。"今天是七夕，希望大家有情人终成眷属，七夕快乐。

今天的天气阴阴沉沉，买了 10 点 45 分《白蛇·浮生》的电影票，在黄金时间被情侣包围，周围都是"我爱你，你爱我吗"这样的甜言蜜语，于我而言可不是什么舒服的事情。

此时的许仙已不如"缘起"中惊艳，他变得平淡怯懦，虽然同样善良，可终究不是那个天地之间逍遥游，不在乎小白原型的阿宣了，不过无怪乎如此了，"缘起"有很大的创作空间留给编剧，但"浮生"却不得不遵循传奇故事的套路了。

关于人与妖的关系，《山海经》早已给出答案了，那其中的怪兽便有些像这些传说故事里的妖怪。妖可食人人亦可食妖，妖救人人也救妖，有妖面相凶恶却善良天真，有人慈眉善目却心如蛇蝎，这二者的关系从来都不是单纯的敌对。不说别的，自己确也幻想过有宽大的翅膀、坚硬的鳞甲，如此何处去不得？不过也罢，这世间多的是两条腿的妖怪，还是老老实实做个普通人吧（不过这个梦想或许可以在小说里得到成全，毕竟我那件蝴蝶衣在小说里倒也算一"宝物"）。

很久没弹吉他，下午有些技痒，于是乎杰伦、俊杰、力宏、奕迅又成了我手中的"牺牲品"，奈何自己不会粤语，空弹了《岁月如歌》和《富士山下》。

最近新购入了里尔克的《爱之歌》，对他印象最深的一句话就是"要变成一百只蝴蝶，才能读遍你全部的书页"，当时真的是惊艳到我，想必这本书也不会让我失望。

今天没有精彩，大家晚安。

day7

未完待续……